LES JOYEUSES HISTOIRES DE NOS PÈRES

I

LES JOYEUSES

HISTOIRES

DE NOS PÈRES

CORBEIL. — IMPRIMERIE É. RENAUDET.

LES JOYEUSES

HISTOIRES

DE NOS PÈRES

Mieux est de ris que de larmes écrire,
Parce que rire est le propre de l'homme.

RABELAIS.

COCU SANS HONTE DE SA FEMME
LA DUCHESSE OU LA FEMME SYLPHIDE — LES AMOURS DE PANURGE
PLAISANTES, ANECDOTES ET MENUS PROPOS

PARIS

CHEZ TOUS LES LIBRAIRES

M.DCCC.LXXXIV

Droits réservés

AU LECTEUR

Ceci est un livre gaulois, c'est-à-dire un livre de franc rire et de franc parler. Disons donc, dès la première ligne, à quelle classe de lecteurs s'adresse ce plaisant recueil, composé des chefs-d'œuvre de notre ancienne littérature, quintessence de vieille sève gauloise.

Il n'est dédié ni aux puritains ni aux trop nombreux lecteurs de ces œuvres malsaines, baptisées d'un néologisme qui est une flétrissure : pornographie. Fidèle à la tradition française, nous n'affecterons point une pruderie excessive pour nous faire une réputation de sagesse et de vertu ; car, même dans le pays de Molière, nous estimons qu'il y aura toujours trop d'émules de Tartufe.

Si large qu'elle soit, notre hospitalité aura pourtant une limite : celle qui sépare la libre et franche gaieté du rire forcé et de l'indécence voulue. Rien à notre sens n'est plus répugnant que les contes sans esprit, sans style, sans intérêt, dont de prétendus continuateurs de Rabelais encombrent depuis quelque temps les vitrines des libraires.

Les joyeuses nouvelles de nos pères seront le livre de chevet de tous les joyeux compagnons, ou simplement des amateurs de littérature qui se plaisent à relire de temps à autre quelques-uns de ces fins morceaux dont nos aïeux ont ri si souvent à gorge déployée. Louis XI, Rabelais, la reine de Navarre, Noël du Faill, Béroald de Verville, Guillaume Boucher, Bonaventure Despériers, Le Métel d'Ouville, Sorel, Scarron, Furetière, Dassoucy, Bussy-Rabutin, Perrault, Hamilton, Voltaire, Voisenon, Diderot, Crébillon fils, voilà les principaux noms dont seront signées les JOYEUSES HISTOIRES DE NOS PÈRES (1).

(1) Nous ferons aussi des emprunts aux conteurs étrangers, particulièrement aux conteurs italiens.

C'est dire que le lecteur est assuré de trouver, dans chacune de nos nouvelles, l'enjouement soutenu, les tournures à la fois piquantes et naïves, les peintures fraîches et riantes, l'élégant badinage, en un mot toutes les qualités que l'on tient à rencontrer dans un livre lorsqu'on lui demande un remède contre l'ennui.

Parmi les auteurs que nous mettrons à profit pour ne pas faire mentir notre titre, beaucoup ont écrit leurs ouvrages dans cette vieille langue française, si curieuse et si attrayante, mais qui ne peut être bien comprise qu'après de longues et patientes études. Comme nous nous adressons à tout le monde, nous aurons soin de rajeunir l'orthographe des mots vieillis ; mais, afin de conserver à nos conteurs leur saveur originale, nous ne changerons rien aux tournures des phrases.

Et maintenant, ami lecteur, puissiez-vous mourir de rire en lisant ces JOYEUSES HISTOIRES, à moins que vous ne préfériez attendre la publication de notre second volume.

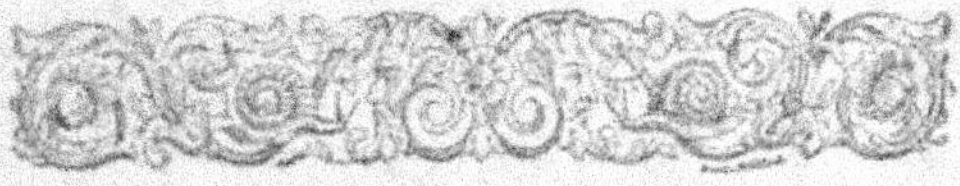

I

COCU SANS HONTE DE SA FEMME

l y avait, dans la comté d'Allez, un nommé Bornet, qui avait épousé une femme vertueuse, de laquelle il aimait l'honneur et la réputation. Quoiqu'il voulût que sa femme lui fût fidèle, il ne voulait pas être obligé à la même fidélité. En effet, il s'amouracha de sa servante. Ce qu'il craignait dans ce changement était que la diversité des viandes ne lui plût pas. Il avait un voisin de même étoffe que lui, nommé Sandras, tambour et tailleur de son métier. Il y avait entre eux une si parfaite amitié, que

tout était commun, hormis la femme. Bornet déclara donc à son ami le dessein qu'il avait fait sur la servante. Non seulement il l'approuva, mais fit même ce qu'il put pour le faire réussir, dans l'espérance d'avoir part au gâteau. La servante, qui ne voulait point y entendre, se voyant persécutée de tous côtés, s'en plaignit à sa maîtresse, et la pria de trouver bon qu'elle s'en allât chez ses parents, ne pouvant plus vivre dans cette persécution. La maîtresse, qui aimait beaucoup son mari, et duquel elle était déjà jalouse, fut bien aise d'avoir ce reproche à lui faire, et de pouvoir lui montrer que c'était avec raison qu'elle le soupçonnait. Pour cet effet, elle obligea la servante de ménager le terrain, de faire espérer peu à peu, et de promettre enfin au mari de coucher avec lui dans la garde-robe.

—Pour le reste, dit-elle, c'est mon affaire. Je ferai en sorte que vous n'y serez pour rien, pourvu que vous me fassiez savoir la nuit qu'il viendra, et qu'âme vivante n'en sache rien.

La servante exécuta fidèlement l'ordre de
sa maîtresse, et le maître en fut si aise qu'il
alla d'abord porter cette bonne nouvelle à son
ami, qui le pria que, puisqu'il avait été du
marché, il fût aussi du plaisir. La promesse
faite, et l'heure venue, le maître s'en alla
coucher, à ce qu'il pensait, avec la servante.
Mais sa femme, qui avait renoncé à l'autorité
de commander pour avoir le plaisir de servir,
avait pris la place de la servante, et reçut son
mari, non comme femme, mais faisant l'é-
tonnée, et la faisant si bien, que son mari ne
se défia de rien. Je ne saurais vous dire lequel
était le plus aise des deux, lui de croire tromper
sa femme, ou elle de croire tromper son mari.

Après avoir demeuré avec elle, non autant
qu'il voulut, mais autant qu'il put, car il
sentait le vieux marié, il sortit de la maison et
alla trouver son ami, plus jeune et plus vigou-
reux que lui, et lui conta le bon repas qu'il
venait de faire.

— Vous savez, lui dit l'ami, ce que vous
m'avez promis.

— Allez donc vite, dit le maître, de peur qu'elle ne se lève, ou bien que ma femme n'ait besoin d'elle.

Le compagnon ne perdit pas de temps. Il y alla, et trouva la même servante que le mari n'avait pas reconnue. Comme elle le prenait pour son mari, elle lui laissa faire tout ce qu'il voulut, et tout cela sans dire un seul mot de part ni d'autre. Celui-ci fit tiers plus longue séance que le mari ; de quoi la femme s'étonna fort, n'étant pas accoutumée d'être si bien régalée. Elle prit cependant le tout en patience, se consolant sur la résolution qu'elle avait faite de lui parler le lendemain et de se moquer de lui. L'ami dénicha vers le point du jour ; mais ce ne fut pas sans prendre le vin de l'étrier. Durant la cérémonie, il lui prit du doigt l'anneau avec lequel son mari l'avait épousée, ce que les femmes de ce pays gardent avec beaucoup de superstition, et font grand cas d'une femme qui garde cet anneau jusqu'à la mort ; et si par hasard elle le perd, elle est regardée comme ayant donné sa foi à un autre qu'à son mari. Elle fut bien aise qu'il lui prît cet anneau, espérant que ce serait une preuve de la tromperie qu'elle lui avait faite. Quand l'ami eut rejoint le mari, il lui demanda ce qu'il en disait.

— Je n'ai rien vu de plus gentil, répondit l'ami ; et si je n'avais pas eu peur que le jour me surprît, je n'en serais pas sitôt revenu.

Cela dit, ils se couchèrent et reposèrent le plus tranquillement qu'ils purent. En se levant, le mari s'aperçut que son ami avait au doigt l'anneau qu'il avait donné à sa femme en l'épousant. Il lui demanda qui lui avait donné cet anneau. Il fut fort surpris d'apprendre qu'il l'avait pris au doigt de la servante.

— Me serais-je fait cocu moi-même, et sans que ma femme n'en ait rien su ? dit alors le mari en se donnant la tête contre la muraille.

— Peut-être, répondit l'ami pour le consoler, votre femme donna-t-elle hier au soir son anneau à garder à la servante.

Le mari s'en va chez lui, et trouve sa femme

plus belle et plus gaie qu'à l'ordinaire, ravie qu'elle était d'avoir empêché sa servante de faire un péché, et d'avoir éprouvé son mari sans y rien perdre que de passer une nuit sans dormir. Le mari la voyant si enjouée :

— Si elle savait l'aventure, dit-il en soi-même, elle ne me ferait pas si bon visage.

L'entretenant de plusieurs choses, il la prit par la main, et vit qu'elle n'avait point l'anneau qu'elle portait toujours au doigt. Il en demeura tout interdit, et lui demanda d'une voix tremblante ce qu'elle avait fait de son anneau. Elle était bien aise qu'il lui donnât sujet d'entrer en matière.

— O le plus méchant de tous les hommes ! lui dit-elle. A qui pensez-vous l'avoir ôté ? Vous avez cru l'ôter à la servante, et faire plus pour elle que vous n'avez jamais fait pour moi. La première fois que vous êtes venu coucher avec elle, je vous ai cru aussi amoureux d'elle qu'il était possible. Mais, après que vous fûtes sorti, et revenu pour la seconde fois, il semblait que vous fussiez un

diable sans ordre ni mesure. Par quel aveu-
glement, malheureux, vous êtes-vous avisé de
me tant louer ? Il y a longtemps que je suis à
vous, et que vous ne vous souciez guère de
moi. Est-ce la beauté et l'embonpoint de votre
servante qui vous ont fait trouver le plaisir
si agréable ? Non, infâme, c'est le crime et le
feu de vos désirs déréglés qui brûle votre
cœur, et vous étourdit tellement de l'amour de
la servante, que, dans la fureur où vous étiez,
je crois que vous auriez pris une chèvre coiffée
pour une belle fille. Il est temps, mon mari,
de vous corriger, et de vous contenter de moi,
qui suis votre femme, et, comme vous savez,
femme d'honneur. Pensez à ce que vous avez
fait lorsque vous m'avez prise pour une femme
vicieuse. Mon unique but en cela a été de vous
retirer du vice, afin que, sur nos vieux jours,
nous puissions vivre en bonne amitié et repos
de conscience. Car, si vous voulez continuer la
vie que vous avez faite jusqu'ici, j'aime mieux
me séparer, que de vous voir marcher tous
les jours dans le chemin de l'enfer, et user en

même temps votre corps et vos biens. Mais s'il vous plaît d'en agir mieux, de craindre Dieu et de garder ses commandements, je veux bien oublier le passé, comme je veux que Dieu oublie l'ingratitude dont je suis coupable de ne l'aimer pas autant que je dois.

Qui fut bien étonné et bien consterné, ce fut le pauvre mari. Il était au désespoir quand il songeait qu'il avait quitté sa femme qui était belle, chaste, vertueuse et toute pleine d'affection pour lui, pour une autre qui ne l'aimait pas. Mais c'était bien autre chose quand il se représentait qu'il avait été assez malheureux pour la faire sortir du chemin de la vertu malgré elle et à son insu, pour partager avec un autre des plaisirs qui n'étaient que pour lui, et pour avoir été lui-même l'instrument de son déshonneur. Mais, voyant sa femme assez en colère de l'amour qu'il avait fait paraître pour sa servante, il n'eut garde de lui dire le vilain tour qu'il lui avait fait. Il lui demanda pardon, lui promit de réparer le passé par une conduite sage, et lui

rendit son anneau qu'il avait repris à son ami,
qu'il pria de ne rien dire de ce qui s'était
passé. Mais, comme avec le temps tout se sait,
on sut enfin toutes les circonstances de l'a-
venture ; et s'il ne fut pas appelé cocu, c'est
qu'on ne voulut pas faire ce déplaisir à sa
femme.

MARGUERITE DE NAVARRE.

II

LA DUCHESSE

ou

LA FEMME SYLPHIDE

*aclovie-Louise-Caroline-Céleste* M*** était née au sein de la grandeur, des distinctions et des richesses. Dès son enfance, chérie, adorée de tout ce qui l'environnait, elle était plutôt une déesse qu'une mortelle : en grandissant, on lui découvrit autant d'esprit que de charmes, autant de qualités de cœur que de lumières et de pénétration.

A peine eut-elle atteint sa quatorziéme an-

née, qu'on parla de la marier. Son illustre
famille ne voulut pas qu'un pareil trésor
passât dans une autre maison : on lui donna
pour mari un de ses parents, et il fut décoré
de tous les titres qui faisaient partie de la dot
de Maclovie.

Le duc traita son épouse en enfant : il
ignorait que c'était l'âme la plus fière, la
plus sensible au mépris, la plus portée à s'en
venger. Il la négligea, ne parla d'elle qu'a-
vec indifférence, et s'occupa beaucoup plus
des biens immenses et des titres qu'elle lui
avait apportés, que de la femme charmante
dont il les tenait.

Le mépris le plus parfait de la part de Maclovie devait être la suite naturelle de la conduite de son époux. Encore sans passions,
elle voulut se suffire à elle-même, se créer
des amusements. Elle se composa donc une
cour de six jolies filles de son âge, qu'elle
prit dans la pauvre noblesse. Elle les tira du
couvent, dans un temps où elles allaient
être forcées à prendre le voile, et ces jeunes

victimes portèrent à leur libératrice les sentiments que la nature leur eût inspirés envers
de meilleurs parents; leur dévoûment fut ab-
solu pour la duchesse.

Ces jeunes personnes étaient toutes inno-
centes : mais, réunies d'après les dispositions
qu'avait leur protectrice, elles ne pouvaient
qu'en prendre de pareilles. La base de leurs
sentiments fut le mépris des hommes en gé-
néral, vrai ou affecté. La duchesse surtout le
portait si loin qu'elle se persuada qu'ils étaient
d'une nature inférieure à celle des femmes;
les domestiques de sa maison, qui étaient du
sexe de son mari, en étaient regardés comme
des bêtes de somme, destinés aux gros travaux, et avec lesquels on ne devait pas se
gêner. En conséquence de cette idée fausse,
lorsque les valets venaient à paraître, tandis
qu'elle s'amusait avec les jeunes personnes
de son sexe, elle ne se contraignait pas, et
elle empêchait également de se contraindre
les compagnes qu'elle s'était données. On faisait tout devant eux, même les choses qui

pouvaient blesser la modestie ; on les regardait comme le singe, l'épagneul ou l'angora.

Un jour que la duchesse se faisait lire par Septimanie (celle de ses filles de compagnie qu'elle aimait davantage) un ouvrage nouveau qui traitait de l'amour, elle s'aperçut que les yeux de cette jeune personne s'attendrissaient, que le son de sa voix s'altérait, et qu'elle était dans une vive émotion. Elle lui dit de cesser, croyant qu'elle se trouvait mal.

— Ce n'est rien, Madame, répondit Septimanie : mais ce que je lisais m'a rappelé quelque chose que j'ai entendu dire l'un de ces jours au plus jeune de vos gens.

— Et que disait cet automate ?

— Il vous louait, Madame.

— Il est bien hardi !

— Ah ! il ne disait que ce que nous pensons toutes ; que vous êtes adorable, et qu'il n'y a pas de femme au monde aussi belle que vous.

— Voyons donc comme il s'exprimait.

— « Je vais demander mon congé; je ne
saurais plus rester ici. Madame devrait avoir
pitié de moi! Jeune, belle comme elle est, si,
lorsque j'entre pour faire mon service, elle
est à sa toilette, ou qu'elle s'amuse avec ses
jeunes demoiselles, quelle que soit la situa-
tion, on n'en change pas : on me regarde
apparemment comme un automate, qui n'a
pas de sentiment. Je ne suis pas plutôt entré,
que je voudrais être sorti : on me brûle à
petit feu, et pour mettre le comble à mon
tourment, s'il survient quelque contestation
sur des choses, on m'appelle pour en juger;
on m'étale des trésors, et il faut que je pro-
nonce!... On dit ensuite : « Il faut que la
supériorité de madame soit bien sensible,
puisqu'elle frappe cet automate! »... Automate! Je ne le suis pas, malheureusement!
car madame me consume de désirs, et je sens
que je meurs du sentiment involontaire qu'elle
m'inspire!.. Ah! que ne suis-je une des
choses insensibles qui servent à son usage...
Je veux sortir; j'en mourrai sans doute, mais

du moins je ne souffrirai plus. » — Voilà ce qu'il a dit, Madame.

— Il est bien hardi ; qu'on le chasse !

— Quel arrêt, Madame ! et qu'il est rigoureux ! Cet infortuné souffrira moins, s'il se retire de lui-même.

— Quoi ! Septimanie, une fille de condition est sensible à ce que peut souffrir un être aussi vil qu'un valet !

— Je vous l'avouerai, Madame, j'y suis sensible.

— Ah ! j'en rabats, de l'estime que vous m'inspiriez, Mademoiselle !

— Et si ce misérable était de condition ?

— Je verrais alors : pourvu que cela fût bien prouvé.

— Il n'a donc qu'à se retirer et mourir ! Cependant, c'est dommage ! il vous sert avec tant de zèle !

— C'est son devoir... Au reste, qu'on ne le chasse pas de l'hôtel ; il suffira de l'éloigner de moi. Je veux même qu'il soit bien traité... Je veux qu'on lui donne un emploi plus relevé.

Huit jours s'écoulèrent sans que la duchesse parlât du laquais renvoyé. Septimanie paraissait fort triste. Enfin, le huitième jour, la duchesse lui demanda si La Grange (c'était le nom du laquais) était dans sa nouvelle place. Septimanie baissa les yeux, et deux larmes s'échappèrent.

— Vous pleurez, lui demanda Maclovie... Où est-il?

— Madame, il... n'a pu... supporter...

— Comment? Que n'a-t-il pu supporter?

— Il n'est... plus.

— Ah Dieu! J'en suis fâchée! Le pauvre garçon!... C'était un fou... J'en suis fâchée, Septimanie... Mais vous vous intéressez bien à ce garçon!

— Hélas! Madame, c'est mon frère!

*
* *

La mort d'amour d'un laquais, quoique de condition, fut bientôt oubliée. Septimanie elle-même eut le plus grand soin de ne pas se rendre ennuyante par sa douleur ; elle ne parut qu'un peu moins gaie, mais d'une manière qui la rendait encore plus intéressante : aussi, elle continua d'être la favorite de la duchesse.

Deux mois s'écoulèrent. A cette époque, une des femmes de chambre de la duchesse, recherchée par un des officiers de la maison, lui demanda la permission de se marier. Elle y consentit. Septimanie, qui avait ses vues, ne laissa pas échapper cette occasion : elle sut adroitement représenter à la duchesse qu'une femme de chambre mariée ne lui convenait pas, à elle qui, telle qu'une autre Diane, était vierge comme cette déesse, avait des nymphes comme elle, etc. Cette comparaison flatta Maclovie, et la détermina. Cependant, comme elle aimait sa femme de chambre, elle lui donna une place dans sa maison et parut disposée à en prendre une autre. Septimanie eut soin de faire présenter celle qu'elle voulait mettre auprès de sa protectrice. C'était une grande brune, d'une belle figure, quoiqu'un peu tirée. La duchesse, en la voyant, se rappela des traits semblables, et elle le dit à Septimanie ; mais cette jeune personne l'en dissuada. On nomma cette nouvelle fille Mélanie, à cause de sa chevelure, et son emploi fut particulièrement de coiffer sa maîtresse.

Dès la première fois que Mélanie s'en acquitta, elle réussit au point d'exciter l'admiration. La duchesse fut également enchantée de l'élégance et de la promptitude. Le premier pas fait, les succès de Mélanie auprès de sa maîtresse furent rapides ; elle en fut chérie presque uniquement : mais elle était si modeste, malgré sa faveur, qu'elle n'excita la jalousie de personne, ou, du moins, elle sut la faire cesser. Elle fut mise des parties que la duchesse faisait avec les six demoiselles, dès que Septimanie l'eut avouée pour une de ses parentes ; Maclovie, flattée de ne se voir environnée que de filles de condition, adoucit le service à Mélanie, et la traita comme l'égale des six compagnes qu'elle s'était données.

Sur ces entrefaites, le duc, pressé par sa famille, jeta les yeux sur sa femme. Il la trouva charmante, et des yeux de mari devinrent enfin des yeux d'amant ; mais, comme il l'avait négligée, elle lui montra le dédain le plus complet, et il eut recours, pour obtenir l'usage de ses droits d'époux, à une autorité que la duchesse ne pouvait braver.

Dès le lendemain, Maclovie, à peine éveillée, vit entrer le duc son père, qui l'aborda en souriant. Il la caressa pour la première fois de sa vie, la nomma plusieurs fois affectueusement « sa fille », et, lorsqu'il la vit pénétrée de ses bontés, il reprit l'air grave et froid, pour lui dire :

— Madame, votre conduite avec le duc votre mari est inexcusable ; elle ferait du bruit, et vous couvrirait de ridicule. Une femme comme vous doit se mettre au-dessus de ces petites fantaisies roturières, et recevoir un mari comme elle fait toutes les actions indifférentes. C'est une nécessité, comme manger et dormir : je vous prie qu'il ne soit plus

question de cela ; je suis humiliée de la dé-
marche que je fais ; elle me mortifie, et vous
auriez bien fait de me l'épargner.

Le duc sortit aussitôt sans attendre la réponse de Maclovie. Elle était accablée. Mais
bientôt, sa fierté reprenant le dessus, elle sentit que son père avait raison, et qu'il ne fallait rien attendre de la délicatesse ou des
égards de son mari. Elle sonna ses filles, qui
s'étaient retirées à l'arrivée de son père, et fit
dire au duc son époux, par l'une d'elles,
qu'elle l'attendait à l'instant même.

Le duc se mit à rire et suivit la courrière.
Il trouva la duchesse au lit, entourée de ses
nymphes, tandis que Mélanie donnait plus
de grâce à son bonnet de nuit. Il fut effrayé ;
il la crut malade, et qu'elle l'envoyait chercher sous un faux prétexte. Mais, avant qu'il
pût s'informer, Maclovie lui tint ce discours :

— Je suis votre épouse, Monsieur, et il est
des choses que je vous dois, comme il en est
que vous me devez ; je ne veux pas qu'on me
fasse grâce de mon devoir, comme, de mon

côté, je ne veux en faire aucune. Je vous ai fait prier de venir pour vous accorder ce que j'ai refusé jusqu'à ce moment; vous pouvez vous mettre au lit.

La surprise où était le mari, la presque assurance où il avait été, qu'elle ne se rendrait pas de sitôt, et la conduite qu'il avait tenue en conséquence de cette idée, tout cela fit qu'il *se trouva sans vert*. Heureusement, il avait affaire à une femme assez innocente, pour se tromper aux procédés et prendre les tentatives pour des réalités. Elle fut, ou crut être aussi contente de lui, que s'il avait rempli toutes ses obligations, et, au bout de deux heures, elle sonna pour se lever.

Le soir, elle envoya Mélanie, qui se trouva auprès d'elle, avertir son mari qu'elle l'attendait. Le valet de chambre répondit que monsieur le duc était malade. On ne pouvait faire une réponse plus agréable à Mélanie, qui se hâta de la rendre à sa maîtresse.

— Tant pis, répondit la duchesse; j'ai le goût du mariage, il me passera peut-être

bientôt, et j'aurais voulu en profiter pour
faire mon devoir. Mais il est un moyen, pour
me conserver dans mes heureuses dispositions :
j'ai toujours couché seule ; je vais faire mettre
auprès de moi, ou Septimanie, ou Ernestine,
ou Angès, n'importe, celle qui le voudra. Va
le leur proposer, Mélanie.

La jeune femme de chambre y alla, mais
elle n'eut garde de faire la commission. Elle
revint au contraire dire à sa maîtresse que
toutes les demoiselles étaient au lit, et s'il
fallait les éveiller ?

— Non, non, répondit Maclovie ; je t'aime
autant qu'elle, et, pour ne déranger personne,
tu coucheras avec moi.

Mélanie frémit de plaisir, à ces paroles, et
son émotion fut si vive qu'elle frappa la duchesse.

— Ce que je te dis, te fait-il de la peine ?

— Ah ! Madame, je vous adore, et l'honneur que vous daignez me faire m'élève au-
dessus de moi-même.

— En ce cas, déshabille-toi, et viens.

*
* *

Mélanie ne fut qu'un instant à faire tomber
ses habits ; elle se mit ensuite auprès de sa
maîtresse, mais en tremblant, et sans oser
l'approcher.

— Tu me crains ! lui dit Maclovie. Ap-
proche, je veux t'embrasser avant de m'endormir.

Mélani reçut le baiser de sa maîtresse et
le rendit d'une manière assez vive ; mais elle
n'osa pas se livrer à tout ce que son cœur lui
dictait ; elle se retira, dès que la duchesse cessa
de la caresser. On s'endormit, ou du moins
l'une des deux.

Mélanie, auprès de l'objet qu'elle adorait
depuis longtemps, sans oser laisser paraître
la passion la plus violente, était dans une
émotion inexprimable. Elle attendit que la
duchesse fût endormie, pour lui faire quelques
caresses, sans l'éveiller : mais, lorsqu'elle eut
commencé, le feu concentré dans son cœur

la trahit ; ses mains et ses lèvres étaient brûlantes ; chaque fois qu'elle touchait ce beau corps, son feu redoublait, et elle n'était pas toujours maîtresse de régler ses mouvements. Il arriva enfin qu'elle en fit un, qui éveilla la duchesse. Mélanie trembla de l'avoir fâchée ; mais elle se rassura bientôt ; sa maîtresse émue lui donna un baiser. Mélanie, malgré sa timidité, en rendit trente ; un trouble secret, des désirs confus, d'un côté ; l'emportement d'une insurmontable passion, de l'autre, amenèrent peu à peu le dénouement, qui fit sur la sensible duchesse toute l'impression de la nouveauté. Elle prodigua ses caresses et ses charmes à Mélanie ; elle lui jura de l'aimer plus tendrement que Septimanie elle-même, que toutes ses nymphes ensemble ; et, dans l'excès de son ravissement, elle s'écria plus d'une fois : « Ah ! que ma femme de chambre vaut bien mieux que mon mari ! » Ce qui ne doit pas surprendre : Mélanie, cette parente de Septimanie, n'était autre que La Grange, son frère, qui, devenu amoureux de la duchesse, était entré à son service en qualité de laquais.

Le soir, elle n'envoya pas, comme la veille, prier le duc de venir : elle se mit au lit avec sa femme de chambre. Tout se passa comme la veille, et Maclovie fut réellement enchantée. Il en fut de même durant quelques jours, de sorte que La Grange parut malade. Sa maîtresse en fut très inquiète ; elle s'en sépara, non sans regret, par l'insinuation de Septimanie, et elle proposa son lit à cette jeune personne, qui s'en excusa, sous le prétexte de rester auprès de Mélanie. Ce fut donc Ernestine, qui eut l'honneur de coucher avec la duchesse.

Dès qu'elles furent au lit, l'ardente Maclovie prodigua les caresses les plus vives à Ernestine : la jeune nymphe y répondit, mais en nymphe ; de sorte que la duchesse, dépitée, fut obligée de s'endormir en se promettant bien qu'Ernestine ne partagerait plus son lit. Le lendemain, Mélanie paraissant encore faible, la duchesse jeta les yeux sur Alexan-

drine, pour coucher avec elle. La belle
nymphe fut enchantée de cet honneur ;
mais Maclovie ne fut pas plus contente d'elle
que d'Ernestine. Enfin, elle prit successivement Clotilde, Agnès, la blonde Éléonore, et
Septimanie elle-même.

— Il n'est dans le monde qu'une Mélanie,
pensa la duchesse, et je veux m'en tenir à
elle. C'est dommage qu'elle ne soit pas d'une
santé robuste, comme celles qui ne la valent
pas. Ce sont toutes des maris : Mélanie seule
est une amie, et je vois enfin, par mon expérience, que l'amitié vaut beaucoup mieux que
l'amour.

Cependant la conduite que la duchesse avait
tenue successivement avec ses nymphes
nuisit un peu à sa réputation, en lui donnant
celle d'une Sapho, qu'elle méritait moins
que personne. Mélanie avait eu le temps de
se rétablir, pendant les essais de la duchesse.
Celle-ci la rappela, et la prétendue femme
de chambre, qui avait souffert, autant que
sa maîtresse, d'être éloignée d'elle, com-

prit qu'il fallait économiser ses ressources.

— Je renais, lui dit la belle Maclovie la première fois qu'elle lui fit partager son lit, et je vois qu'il n'y a que toi qui m'aimes véritablement.

Mais cette même nuit, l'intimité des deux amies fut troublée par un événement imprévu. Le duc, après s'être fortifié par tous les moyens raisonnables, se crut enfin en état de donner de lui une haute opinion à sa jeune épouse. Sans l'en avoir fait avertir (il voulait la surprendre agréablement), il entra chez elle une heure environ après que la duchesse se fut mise au lit avec Mélanie. Une des femmes lui ouvrit. Mélanie trembla en le voyant paraître. Pour la duchesse, elle le reçut en riant :

— Ah ! c'est vous, Monsieur ! Je suis charmée de vous voir ! Sans doute vous venez pour exercer vos droits ?

— Oui, Madame.

— Je ne m'y opposerai pas, je vous assure !

— Ce n'est pas assez, il faudra me seconder en exerçant aussi les vôtres.

— S'il le faut, je le ferai.

Le duc se mit au lit, tandis que Mélanie au désespoir se retirait enveloppée de son mieux. *Elle* ou *il* alla passer dans les larmes une nuit qu'il avait cru destinée aux plaisirs.

Il est inutile de dire ce qui se passa entre les deux époux : un mot suffit. Le duc ne put se désenchanter. Il en attribua la cause à la duchesse et lui fit des compliments, auxquels elle ne comprit rien, puisqu'elle était déjà persuadée, et que son époux venait de lui confirmer que les maris n'en faisaient pas davantage. Aussi dit-elle au duc qu'elle préférait les caresses des femmes à celles des hommes. Il était déjà revenu aux oreilles du duc quelque chose à ce sujet : il se crut autorisé à faire des remontrances à sa jeune épouse :

— Vous en direz tout ce qu'il vous plaira, Monsieur ; c'est mon goût, et je crois qu'il est le bon ; informez-vous à d'autres femmes, qui ont plus d'expérience que moi.

Elle s'exprimait avec tant d'assurance et d'innocence, que le mari ne sut que penser :

il se proposa d'avoir encore une fois recours au père de sa femme. Ce fut ce qu'il exécuta dès le lendemain.

Le père de Maclovie écouta le duc son gendre avec beaucoup d'attention.

— Sur tout ce que vous me dites, lui répondit-il, je vois que vous avez donné à votre femme la plus mauvaise opinion des hommes. C'est peut-être tant mieux pour vous : mais pour moi, qui veux un héritier de mon sang des biens dont ma fille vous fait porter le titre, je ne m'accommode pas du tout de cette fantaisie. Je lui parlerai. Cependant, essayez encore si vous pourrez la faire changer d'opinion à votre égard. Plus mon autorité semble avoir d'efficacité sur elle, plus je dois en rendre l'exercice rare ; ce n'est qu'à la dernière extrémité que je veux exiger d'elle qu'elle renvoie ses jolies nymphes et sa grande femme de chambre.

.*.

Le duc suivit le conseil de son beau-père,

et s'en trouva passablement bien ; car un soir,
au grand étonnement de la duchesse, son
mari se comporta précisément comme la
femme de chambre, à quelque chose près. Il
en fut si fier que, le lendemain, il alla lui-
même publier sa bonne fortune, comme un
petit-maître qui a triomphé d'une prude. La
duchesse, de son côté, ne pouvait en revenir,
et elle se disait sans cesse tout bas :

— Je n'aurais jamais cru que mon mari
aurait eu de l'amitié pour moi, au lieu
d'amour.

Elle attendit impatiemment le soir pour
communiquer ses idées à Mélanie, qui partagea
son lit. La jeune femme de chambre n'eut
garde de détromper sa maîtresse ! mais elle
fut désolée des lumières que ce phénomène
inattendu pouvait lui procurer ; elle sentit pour
la première fois que son bonheur n'était pas
éternel. En attendant, l'amant déguisé fut
encore heureux.

La victoire du duc avait tranquillisé le
père de Maclovie et toute la famille, qui ne

s'informa pas s'il savait conserver ses con-
quêtes. Cependant, comme les faux bruits
couraient toujours, le vieux gentilhomme
résolut de les approfondir. Pour cet effet, il se
proposa de surprendre sa fille le matin, comme
il avait déjà fait. Il arriva un jour dès les neuf
heures. Il se fit introduire auprès de la duchesse, qu'il trouva endormie. Elle n'avait
heureusement pas Mélanie avec elle, cette
nuit-là; c'était Éléonore. Les deux belles dor-
maient d'un sommeil paisible. Mélanie, qui
avait l'oreille alerte à tout ce qui arrivait chez
sa maîtresse, ayant entendu qu'on entrait dans
son appartement, vint pour savoir ce qu'on
voulait. En ce moment, le duc, qui avait
quelques soupçons vagues, soulevait les cou-
vertures et regardait Éléonore. Il se retourna
au bruit que fit Mélanie en entrant. Il regarda
la grande femme de chambre, qui rougit, et
qui, embarrassée des regards pénétrants du
père de la duchesse, voulut se retirer. Il la fit
rester, en la retenant par le bras. Il était si
matin pour cette maison que Mélanie ou La

Grange n'avait pas encore fait une opération
à laquelle il ne manquait jamais, et qui deve-
nait de jour en jour plus nécessaire à cause du
léger duvet qui ombrageait son menton. Le
duc l'examina curieusement.

— Pour une fille, lui dit-il, vous avez l'air
bien masculin?

— Je suis comme la nature m'a faite,
Monsieur, répondit Mélanie avec une révérence.

— Est-ce vous qui êtes cette femme de
chambre si chère à sa maîtresse?

— Je tâche de rendre mes services agréables
à madame la duchesse.

— Comment nommez-vous celle que voilà
auprès d'elle?

— C'est mademoiselle Éléonore.

— Et Mélanie, ne pourrais-je pas la voir?

— C'est…. moi, Monsieur le duc.

— Ah! ah! passons un peu dans votre
chambre.

La fausse Mélanie l'y conduisit en tremblant. — Dites-moi, ma fille, quels moyens

employez-vous pour vous faire chérir de votre
maîtresse au point qu'on le dit ?

— Point d'autres, Monsieur le duc, que de
la servir avec zèle, avec un parfait dévoûment.

— En vérité, vous avez l'air masculin !...
Parlez-moi sincèrement : que signifient cer-
tains bruits qui courent sur la duchesse au
sujet de ses demoiselles, et de vous en parti-
culier ?

— C'est pure médisance, Monsieur le duc.
Madame nous aime ; elle se familiarise avec
nous ; comme elle est belle, une foule d'ado-
rateurs la désirent ; elle les dédaigne pour ne
s'occuper que d'amusements innocents : voilà
ce qui excite les mauvaises langues ; on
aimerait mieux qu'elle eût des galants, parce
que du moins chacun de ces gens-là espérerait
d'avoir son tour.

— Vous raisonnez fort bien ! mais, parlez-
moi vrai. Est-il quelque chose de ce qu'on dit
de vous, que vous êtes *femme-homme* ou *homme-
femme* ?

— Je vous assure, Monsieur le duc, que je n'ai que mon sexe.

— Prenez garde! Ne me trompez-pas!

— Je vous dis l'exacte vérité.

— J'en exige la preuve!

— Je vous prie de me dispenser.

— Je ne dispense jamais de ce que j'exige, parce que je ne l'exige pas sans raison.

— Je ne saurais en vérité.

— Je vais appeler mes laquais.

— Au nom de Dieu, Monsieur le duc!...

— Exécutez-vous donc vous-même.

Tandis que La Grange était dans ce cruel embarras, sa sœur, dont la chambre était à côté de la sienne, crut venir à son secours en avertissant la duchesse. Maclovie, apprenant l'embarras de sa favorite, sortit du lit, se fit passer une robe, arriva dans la chambre à l'instant où le duc pressait Mélanie, en la menaçant, de faire monter trois grands laquais-picards qui ne la ménageraient pas. Le père de la duchesse, en voyant sa fille, pensa qu'elle allait demander grâce pour sa femme

de chambre, et il était résolu de la lui accorder,
en se promettant néanmoins de faire enlever
Mélanie, de la faire conduire chez lui, et là,
de s'assurer de la vérité : mais, à son grand
étonnement, la duchesse parla comme lui.

— Fais ce que monsieur le duc exige, ma
chère Mélanie ; c'est moi-même qui te l'or-
donne.

Mélanie, voyant qu'il fallait céder, se rendit
enfin à condition que la duchesse serait la
seule juge de son sexe. Le duc ne goûta pas
cette condition, qui l'aurait empêché de
s'instruire de ce qu'il voulait savoir; les diffi-
cultés augmentaient ses soupçons et sa cu-
riosité. Mélanie refusa pour lors absolument,
en tâchant de faire des signes à la duchesse.
Mais Maclovie était trop fière pour entrer en
accord, même avec une fille qu'elle aimait :
elle agissait avec le duc son père d'une manière noble, franche, autant que respectueuse.
Elle ordonna sérieusement à Mélanie d'obéir.
Septimanie était présente : elle était glacée de
frayeur. Elle s'approcha de la duchesse,

tandis que La Grange commençait à obéir.

— Qu'allez-vous faire, Madame? lui dit-elle. Vous allez perdre Mélanie! C'est un jeune homme; c'est La Grange; c'est mon frère!

A ces mots, la duchesse interdite hésita un instant; mais, prenant aussitôt son parti, elle saisit les mains de son père en lui disant :

— Monsieur, croyez-vous que je voulusse vous mentir?

— Non, ma fille ; vous avez l'âme trop noble pour cela.

— Cessez donc d'exiger une visite inutile : Mélanie est un homme ; Septimanie, sa sœur, vient de me l'avouer. J'y ai été trompée, et je ne le pardonnerai jamais à celui et à celle qui ont eu cette audace. Vous sentez mieux que moi, Monsieur, de quelle importance est le secret. Je vous le demanderais comme une grâce, s'il n'était pas nécessaire : je n'ai pour garant de ma sincérité que ma parole, mais elle est sûre, et vous m'avez promis d'y croire.

— J'y crois, Madame, répondit le duc, mais il faut que les coupables soient punis.

— Je les abandonne à votre justice, Monsieur, et j'implore cependant quelque adoucissement à leur peine.

— La sœur est-elle la seule qui sache le déguisement de son frère ?

— Êtes-vous la seule, Septimanie ? dit la duchesse.

— Très certainement, Madame, répondit cette fille en pleurant.

— Puis-je compter sur une éternelle discrétion ?

— Ah ! Madame !...

— Pardonnez-leur, Monsieur ; vous me puniriez avec eux, et je suis innocente. Que La Grange obtienne par votre crédit un emploi lucratif dans les colonies ; quant à sa sœur, je souhaite de la garder.

— Je vous accorde ce que vous désirez, dit le duc en embrassant sa fille. Je vois que vous êtes également innocente, noble et généreuse. Réglez vous-même la manière dont ce garçon doit sortir de chez vous.

— Il est gentilhomme, Monsieur, dit Maclovie. (Cette remarque fit sourire le duc.) Un autre mériterait la mort.

— Fort bien, ma fille ! Mais votre mari ne s'embarrasserait pas qu'il fût gentilhomme. Ayez soin qu'il sorte de chez vous le plus tôt possible.

Dans la même journée, la fausse Mélanie fut renvoyée sous un prétexte suffisant, pour ne pas donner de soupçons. La Grange fut remis au duc, qui lui donna ses ordres ; mais cet infortuné ne put les exécuter ; on avait feint une fois qu'il était mort de douleur ; ce fut une vérité, dès qu'il n'eut plus d'espérance de vivre auprès de la duchesse. Il mourut en huit jours.

La duchesse et Septimanie soupçonnèrent qu'il avait été empoisonné ; mais elles se trompaient : il n'avait pris d'autre poison que celui de l'amour et de la douleur.

RESTIF DE LA BRETONNE.

III

CORNES POUR CORNES

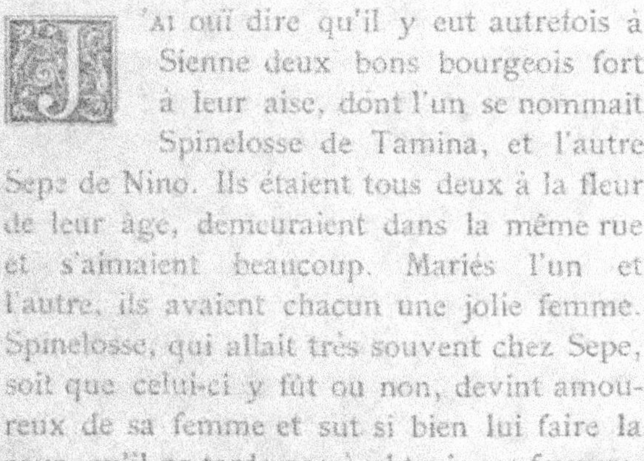

'AI ouï dire qu'il y eut autrefois à Sienne deux bons bourgeois fort à leur aise, dont l'un se nommait Spinelosse de Tamina, et l'autre Sepe de Nino. Ils étaient tous deux à la fleur de leur âge, demeuraient dans la même rue et s'aimaient beaucoup. Mariés l'un et l'autre, ils avaient chacun une jolie femme. Spinelosse, qui allait très souvent chez Sepe, soit que celui-ci y fût ou non, devint amoureux de sa femme et sut si bien lui faire la cour, qu'il ne tarda pas à obtenir ses faveurs.

Ce commerce dura assez longtemps sans que le cocu s'en doutât. Cependant la familiarité qui régnait entre sa femme et son ami lui donna à la longue des inquiétudes, et, pour s'éclaircir si elles étaient bien fondées, il prit un jour le parti de se cacher vers l'heure où Spinelosse avait coutume de le venir voir. Celui-ci vint bientôt le demander, et la femme, qui le croyait sorti, lui ayant dit qu'il était absent, il commença par l'embrasser ; et elle de lui rendre baisers pour baisers. Sepe, qui voyait ces caresses du lieu où il s'était fourré, ne dit mot pour savoir quel serait le dénouement de ce jeu. Bref, il vit sa femme et Spinelosse entrer dans la chambre à coucher et s'y enfermer sous clef. Il est aisé de juger s'il dut être piqué de cette double trahison ; mais, considérant que ses cris, loin de diminuer l'outrage, ne feraient qu'augmenter sa honte, il ne crut pas devoir éclater et se contenta de rêver aux moyens de se venger sans bruit. Son imagination lui en eut bientôt fourni un très convenable auquel il s'arrêta.

Spinelosse ne fut pas plus tôt sorti que Sepe entra dans sa chambre et trouva sa femme qui raccommodait sa coiffure chiffonnée.

« Que fais-tu là, ma femme ? lui dit-il. — Ne le voyez-vous pas ? — Si, vraiment, et j'ai vu encore autre chose que je voudrais bien n'avoir point vu. » Il lui fait alors le récit de ce dont il a été témoin, et la femme, transie de peur, voyant qu'il n'y avait pas moyen de nier, lui avoua tout et lui en demanda pardon les larmes aux yeux. « Tu ne pouvais me faire une plus grande injure, dit le mari ; je te pardonnerai cependant, à condition que tu feras ce que je te commanderai. — Vous serez obéi. — Eh bien ! je veux que tu donnes rendez-vous à Spinelosse pour demain à neuf heures du matin ; j'arriverai un moment après lui, et, dès que tu m'entendras, tu le feras cacher dans ce grand coffre et l'y fermeras à clef. Suis mes ordres à cet égard, et je te jure de te pardonner, et même d'oublier ta faute. »

La femme promit tout pour mériter sa grâce

et remplit avec exactitude les intentions de
son mari.

Le lendemain, Spinelosse et Sepe étaient
ensemble sur les neuf heures. Le premier, qui
avait promis à la femme de son ami d'aller la
trouver à cette heure-là, prétexta, pour se
séparer, un dîner qu'il ne voulait point man-
quer. « Ce n'est pas encore l'heure du dîner ;
ainsi, ne t'en va pas de sitôt. — Je ne serais
pas fâché d'arriver de bonne heure parce que
j'ai à parler d'affaires à la personne chez qui
je dois dîner. » Le voilà parti et rendu chez sa
maîtresse.

Ils furent à peine dans sa chambre que Sepe
se fait entendre sur l'escalier. Sa femme feint
d'avoir peur, engage le galant à se cacher dans
le coffre, l'y enferme et sort de la chambre.
Sepe paraît et demande à sa femme si le dîner
est prêt. « Il le sera dans la minute. — Je viens
de quitter Spinelosse, reprit le mari ; il dîne
en ville chez un de ses amis. Comme sa femme
sera toute seule, allez la prier de venir manger
un morceau avec nous.

La belle, que le souvenir de sa faute et la crainte d'en être punie rendaient obéissante, fit incontinent ce que voulait son mari et sollicita si bien sa voisine, à qui elle apprit qu'elle ne devait pas attendre son mari, qu'elle l'emmena.. Sepe la reçut avec de grandes démonstrations d'amitié. Il fit signe à sa femme d'aller à la cuisine, et, prenant la voisine par la main, la conduisit dans sa chambre et ferma la porte au verrou : « Que signifie ceci ? dit la voisine ; est-ce pour cela que vous m'avez priée de dîner ? C'est donc là l'amitié que vous avez pour mon mari ? — Avant de vous fâcher, Madame, répondit Sepe, s'approchant du coffre et la tenant toujours par la main, daignez entendre ce que j'ai à vous dire : j'ai aimé et j'aime encore votre mari comme mon propre frère. Quant à l'amitié qu'il a pour moi, j'ignore si elle est bien tendre ; mais je sais bien qu'elle ne l'empêche pas de coucher avec ma femme comme avec vous. Il le fit hier de fraîche date et presque sous mes yeux. Or, c'est parce que je l'aime que je prétends user de représailles et borner là toute ma vengeance. Comme il a joui de ma femme, il est juste que je jouisse de vous : c'est la moindre chose que je puisse exiger. Si vous me refusez cette satisfaction, je vous déclare qu'il ne me sera pas difficile de le surprendre et de le traiter d'une manière dont vous ne vous trouverez pas bien ni l'un ni l'autre. »

La dame ne pouvait croire que son mari lui fût infidèle. Sepe lui raconta comment il s'y était pris pour s'en assurer. Ces particularités achevèrent de la persuader. « Puisque vous avez résolu, lui dit-elle alors, de vous venger sur moi de l'outrage de mon mari, je veux bien y consentir, mais à condition que vous ferez ma paix avec votre femme ; de mon côté, je lui pardonnerai volontiers le tort qu'elle m'a fait.

— Soyez tranquille, repartit Sepe ; je me charge de tout et m'engage, outre cela, de vous donner un des plus jolis bijoux qu'il soit possible de voir. » Il commence ensuite

à lui faire de tendres baisers, la pousse tout
doucement sur le coffre, et en jouit autant de
temps qu'il voulut.

Spinelosse, qui avait tout entendu, entra
dans une telle colère qu'il en pensa crever de
rage, et si la crainte du ressentiment de Sepe
ne l'eût arrêté, il n'est pas d'injure qu'il n'eût
dite à sa femme, tout enfermé qu'il était.
Mais, considérant qu'il avait été l'agresseur et
que Sepe ne faisait que lui rendre cornes pour
cornes, il se consola et résolut d'être son ami
plus que jamais.

Cependant sa voisine, descendue du coffre,
demanda le joyau qui lui avait été promis.
Sepe ouvrit la porte de la chambre et appella
sa femme, qui dit en entrant à sa voisine :
« Vous m'avez rendu un pain pour un gâteau. — Ma femme, dit le mari en l'interrom-
pant, ouvre le coffre ; » puis, se tournant vers
la voisine étonnée de voir là son mari :
« Voilà, ma belle dame, le bijou que je vous
ai promis. »

Il serait difficile de dire lequel eut le plus

de honte, ou de Spinelosse qui savait de quelle manière on venait de le cocufier, ou de sa femme de voir son mari qui avait entendu tout ce qu'elle avait dit et fait à Sepe.

Spinelosse, sorti du coffre : « Nous sommes quittes, mon voisin, dit-il à Sepe, sans entrer dans aucune explication ; et si tu veux m'en croire, nous n'en serons pas moins bons amis qu'auparavant. Puisque nous n'avons rien à partager que nos femmes, ajouta-t-il, je suis d'avis que nous les ayons en commun. » Sepe accepta l'offre ; ils dinèrent tous quatre ensemble dans la plus parfaite union.

Depuis ce jour, chaque femme eut deux maris et chaque mari deux femmes, sans qu'il s'élevât jamais la moindre contestation entre eux pour al jouissance.

BOCCACE.

IV

LA BELLE MARCIOLE

ou

LA FILLE AUX CERISES

AITES étendre de beaux draps blancs, comme fit monsieur de La Roche, l'été passé. Son meunier, le plus proche de son château, ayant recueilli le premier de fort belles cerise bieu avancées, les lui envoya le même jours. Là, il y avait, avec monsieur, plusieurs gentilshommes de ses voisins; c'étaient gentilshommes de petite noblesse, comme vous diriez des chanoines de Saint-Mainbœuf à

Angers au prix de ceux de Saint-Maurice; ou bien ceux de Saint-Venant à l'égard de ceux de Saint-Martin de Tours.

Le meunier mit ses cerises en un beau petit panier, et le bailla à sa fille pour le porter à monsieur. La belle, qui était de l'âge d'un vieux bœuf (1), désirable et fraîche, vint en la salle faire la révérence à monsieur qui dînait, et lui présenta ce fruit de par son père.

— Ha! dit La Roche, voilà qui est très beau.

— Sus, dit-il, à ses valets, apportez ici les quatre plus beaux linceuls qui soient céans, et les étendez par la place.

Notez, en passant, qu'il fallait obéir à tout ce qu'il disait, d'autant qu'il était le prototype de l'Antechrist. C'est lui, dont les prêcheurs disaient, ce carême, que, comme hérétique, il pointait sur sa tour ses fauconneaux, et était si bon canonnier que gaiement il tirait le cheval, entre les jambes de son ami qui venait de

(1) Âgée de 15 ou 16 ans.

diner avec lui, et le prenait au passage au
détour du carrefour ; et pour montrer son
adresse, quand le laboureur tournait sa char-
rue, il donnait droit à l'appui de l'aiguillon
sans faire mal au laboureur : et le tout, pour
rire. Les draps étendus, il commanda à la
belle de se dépouiller. La pauvre Marciole se
mit à pleurer.

— Ah ! que vous êtes sage ! Vous vous
gardez bien de rire ! Fille à qui la bouche
pleure, le cul lui rit. Allons, ça, dépéchez ; ou
je ferai venir tous les diables. Hola ! sans me
fâcher, faites ce que je vous dis.

La pauvrette se déshabille, se déchausse,
se décoiffe ; et puis, ô le danger ! elle tira sa
chemise ; et, toute nue comme une fée sortant
de l'eau, va semer les cerises de côté et
d'autre, de long et de large, sur les beaux
linceuls, au commandement de monsieur. Ses
beaux cheveux épars, mignons lacets d'amour,
allaient vétillant sur ce beau chef-d'œuvre de
Nature, plein, poli, et en bon point, montrant,
en diversités de gestes, un million d'admi-

rables mignardises. Ses deux tétons, jolies
ballottes de plaisir, jointes à l'ivoire du sein,
firent des apparences montueuses, différentes
en trop de sortes, selon qu'elles parurent en
distincts aspects. Les yeux paillards, qui se
glissaient vers ses bonnes cuisses pleines et
relevées de tout ce que la beauté communique
à de tels remparts et commodités du cachet
d'amour, ravissaient de regards goulus toutes
les plus parfaites idées qu'ils en pouvaient
remarquer : et, combien qu'il y eût tant de
beautés mignonnement étalées en deux spec-
tacles, il n'y avait pourtant qu'un petit endroit, qui fût curieusement recherché avec la
vue ; tant les regards tiraient au but, où
chacun eût voulu donner, tous n'ayant inten-
tion qu'au précieux coin, où se tient le regis-
tre des mystères amoureux.

Après que les cerises furent semées, il les
fallut recueillir ; et ce fut lors qu'au paravent
de merveilleuses dispositions essayant de
cacher surtout le précieux labyrinthe de con-
cupiscence, le pauvre petit centre de délices

eut bien de la peine à chercher des gestes pour
se faire disparaître. Ce corps tant accompli
fut vu à tant de plans délicieux, que difficile-
ment y eût-il jamais yeux plus satisfaits que
ceux des assistants. L'un, le regardant, disait :

— Il n'y a rien au monde de si beau ; je ne
voudrais pas pour cent écus n'avoir eu le
contentement que je reçois.

Un autre, racontant sa fantaisie occupée de
délectations, prisait sa bonne aventure, en ce
spectacle, plus de deux cents écus. Un vieux
pêcheur mettait cette liesse à trois cents
écus. Un valet, trémoussant comme les autres,
en mettait sa part de plaisir à dix écus. Et n'y
eut celui des maîtres, qui ne parlât de cent ou
cent cinquante écus ; qui plus, qui moins,
selon que la langue allait après les yeux,
spirituellement léchant le marbre de ce spectacle, sur lequel la parole fourchait après
l'esprit, lequel attachait à cette beauté son
imagination, avec cent mille spécieuses
images. Chacun des regardants avança sa

goulée, et proféra la somme du prix des
délices qu'il avait imaginées.

Les cerises remises au panier, la belle revint
vers les fenêtres reprendre sa chemise. Encore
les yeux des voyants s'allaient allongeant par
les replis, afin d'avoir encore quelque reste
d'objets ; et ainsi, peu à peu qu'elle levait une
jambe, puis l'autre, ils épiaient jusqu'à ce
qu'elle se fût remise en l'état de sa venue,
toute coiffée et habillée. Ses beaux yeux,
petits cupidonneaux, étaient tout allants des
vagues de feu qu'ils avaient octroyées à la
honte. Monsieur de La Roche cependant avait
les yeux en la tête, et le regard au bel objet,
riant en carré plus d'un pied et demi dans le
cœur, ayant toutefois dessein à écouter ce que
ces tiercelets jasaient, tandis que, trop ba-
vards, ils se délavaient les badigoinces de ce
qu'ils avaient à dire. Il les observait, et rete-
nait fort bien le tout, et surtout la taxe que
chacun avait faite au rapport de son aise ;
même, il remarqua jusques à un laquais, qui
avait allégué un écu.

Marciole, tout habillée, fut, par le commandement de mon dit sieur, assise au bout de la
table, où il la réconforta et reforça le mieux
qu'il put, lui donnant ce qu'il y avait de plus
délicat. Elle était fâchée et pleureuse, indignée
d'avoir montré tout ce que Dieu lui avait
donné d'apparent ; et avait regret que tant de
gens l'eussent vu à la fois hors de l'Église.
Quand La Roche se fut avisé, il frémit sur la
compagnie ; et, tournant les yeux en la tête,
comme les lions de notre horloge de Saint-
Jean de Lyon, se mit à jurer son grand juron
évangélique, d'autant que, pour lors, il était
huguenot de bienséance, et dit :

— Par la certe-Dieu (ainsi que jurent les
voleurs, qui sont de la religion) ! Messieurs,
pensez-vous que je sois votre plaisant, votre
valet, votre provisionneur de chair vive ? Par
la double — digne — grande corne triple du
plus ferme cocu qui soit ici ! vous payerez
chacun de ce que vous avez dit, ou il n'y aura
jambe, tête, membre, tripe, corps, poil, jar-
ret, qui demeure sauf. Ventre de p.....! vous

le compterez tout présentement, si mieux
vous n'aimez avoir les yeux pochés, et les
v... coupés. (Si on les eût tous coupés, cela
eût servi à l'abbesse de Montfleury, à laquelle
son procureur vint dire, ces vendanges pas-
sées, que la vis de son pressoir était rompue :
sur quoi, ayant longtemps pensé, elle dit :
« Foi de femme ! si je vis, je ferai provision
de vis. »)

Les paroles de ce monsieur firent peur à
messieurs les hobereaux, qui payèrent ce
qu'ils avaient dit, ou l'envoyèrent quérir, ou
l'empruntèrent de mon dit sieur, sur bons
gages ou bonnes cédules. Ainsi, cette noblesse
effarée cracha au panier environ douze cents
beaux mignons écus de mise et prise. J'aime-
rais bien mieux faire ma provision à Paris,
j'aurais pleine chemise de chair pour cinq
sols, et une panerée de cerises pour quatre.
Les écus mis au panier, La Roche les bailla à
Marciole, qui se mordait la langue, de grande
rage d'aise, sachant que c'était pour elle ; et
monsieur lui dit : « Tenez, ma mie ; portez

cela à votre père, et lui dites que vous l'avez
gagné à montrer votre c... »

Il y en a bien qui l'ont montré et le mon-
trent, qui ne gagnent pas tant, et aussi courent plus grande fortune.

BÉROALDE DE VERVILLE.

V

LES AMOURS DE PANURGE

ANURGE, étant bien venu en toutes compagnies de dames et demoiselles, entreprit de venir au-dessus d'une des grandes dames de la ville.

De fait, laissant un tas de longs prologues et protestations que font ordinairement ces dolents contemplatifs amoureux de carême, lesquels point à la chair ne touchent, lui dit un jour :

— Madame, ce serait bien fort utile à toute la république, délectable à vous, honnête à

votre lignée, et à moi nécessaire, que fussiez
couverte de ma race ; et le croyez, car l'expérience vous le démontrera.

La dame, à cette parole, se recula plus de
cent lieues, disant :

— Méchant fol ! Vous appartient-il me
tenir tel propos ? A qui pensez-vous parler ?
Allez ; ne vous trouvez jamais devant moi,
car, si n'était pour un petit, je vous ferais
couper bras et jambes.

— Oh ! dit-il, ce me serait bien tout un
d'avoir bras et jambes coupés, à condition
que nous fissions, vous et moi, un tronçon de
chère lie, jouant des mannequins à basses
marches : car (montrant sa longue braguette)
voici maître Jean Jeudi qui vous sonnerait une
antiquaille, dont vous sentiriez jusqu'à la
moëlle des os.

A quoi répondit la dame :

— Allez, méchant, allez. Si vous m'en dites
encore un mot, j'appellerai le monde, et vous
ferai ici assommer de coups.

— Ho ! dit-il, vous n'êtes tant male que

vous dites ; non, ou je suis bien trompé à
votre physionomie : car plutôt la terre mon-
terait aux cieux, et les hauts cieux descen-
draient en l'abîme, et tout ordre de nature
serait perverti, qu'en si grande beauté et élégance comme la vôtre, il y eût une goutte de
fiel ni de malice. L'on dit bien qu'à grand
peine :

> Vit-on jamais femme belle
> Qui aussi ne fut rebelle.

Mais cela est dit de ces beautés vulgaires.
La vôtre est tant excellente, tant singulière,
tant céleste, que je crois que nature l'a mise
en vous comme un paragon, pour nous donner
à entendre combien elle peut faire quand elle
veut employer toute sa puissance et tout son
savoir. Ce n'est que miel, ce n'est que sucre,
ce n'est que manne céleste, que tout ce qui est
en vous. C'était à vous à qui Pâris devait
adjuger la pomme d'or, non à Vénus, non, ni
à Junon, ni à Minerve : car onques il n'y eut

tant de magnificence en Junon, tant de prudence en Minerve, tant d'élégance en Vénus, comme il y en a en vous. O dieux et déesses célestes ! Que heureux sera celui à qui ferez cette grâce de celle-ci accoler, de la baiser et de frotter son lard avec elle ! Par Dieu, ce sera moi, je le vois bien, car déjà elle m'aime tout à plein, je le connais et suis à cela prédestiné par les fées. Donc, pour gagner temps, boutte, pousse, enjambons.

Et la voulait embrasser, mais elle fit semblant de se mettre à la fenêtre pour appeler les voisins à la force. A donc sortit Panurge bientôt, et lui dit en fuyant :

— Madame, attendez-moi ici, je les vais quérir moi-même, n'en prenez la peine.

Ainsi s'en alla, sans grandement se soucier du refus qu'il avait eu, et n'en fit onques pire chère. Au lendemain, il se trouva à l'église à l'heure qu'elle allait à la messe, et, à l'entrée, lui bailla de l'eau bénite, s'inclinant profondément devant elle ; après, s'agenouilla auprès d'elle familièrement, et lui dit :

— Madame, sachez que je suis tant amoureux de vous que je n'en puis ni pisser ni fianter : je ne sais comment l'entendez. S'il m'en advenait quelque mal, qu'en serait-il ?

— Allez, dit-elle, allez, je ne m'en soucie ; laissez-moi ici prier Dieu.

— Priez Dieu, dit-il, qu'il me donne ce que votre noble cœur désire, et me donnez ces patenôtres par grâce.

— Tenez, dit-elle, et ne me tabustez plus.

Ce dit, lui voulait tirer ses patenôtres, qui étaient de cestrin, avec grosses bordures d'or ; mais Panurge promptement tira un de ses couteaux, et les coupa très bien, et les emporta à la friperie, lui disant :

— Voulez-vous mon couteau ?

— Non, non, dit-elle.

— Mais, dit-il, à propos, il est bien à votre commandement, corps et biens, tripes et boyaux.

Cependant la dame n'était fort contente de ses patenôtres, car c'était une de ses contenances à l'église, et pensait : « Ce bon bavard ici est

quelque éventé, homme d'étrange pays : je
ne recouvrerai jamais mes patenôtres ; que
m'en dira mon mari ? Il s'en courroucera à
moi, mais je lui dirai qu'un larron me les a
coupées dedans l'église : ce qu'il croira faci-
lement, voyant encore le bout du ruban à ma
ceinture. »

Après dîner, Panurge l'alla voir, portant
en sa manche une grande bourse pleine d'écus
du palais et de jetons, et lui commença à
dire :

— Lequel des deux aime plus l'autre, ou
vous moi, ou moi vous ?

À quoi elle répondit :

— Quant est de moi, je ne vous hais point :
car, comme Dieu le commande, j'aime tout le
monde.

— Mais à propos, dit-il, n'êtes vous amou-
reuse de moi ?

— Je vous ai, dit-elle, déjà dit tant de fois
que vous ne me tinssiez plus telles paroles : si
vous m'en parlez encore, je vous montrerai
que ce n'est à moi à qui vous devez ainsi parler

de déshonneur. Partez d'ici, et me rendez mes
patenôtres, au cas que mon mari me les
demande.

— Comment, dit-il, Madame, vos patenôtres ? Non ferai, par mon sergent ! Mais je
vous en veux bien donner d'autres. En aime-
rez-vous mieux d'or bien émaillé en forme de
grosses sphères, ou de beaux lacs d'amours,
ou bien toutes massives comme gros lingots ;
ou si en voulez d'ébène, ou de grosses hya-
cinthes, de gros grenats taillés, avec les bordures de fines turquoises ; ou de belles topazes
bordées de fins saphirs ; ou de beaux balais à
toutes grosses bordures de diamants à vingt et
huit carats. Non, non, c'est trop peu. J'en sais
un beau chapelet de fines émeraudes, bordées
d'ambre gris, et à la bouche un joyau per-
sique, gros comme une pomme d'orange : elles
ne coûtent que vingt-cinq mille ducats ; je
vous en veux faire un présent, car j'en ai du
content.

Et ce disait faisant sonner ses jetons,
comme si ce fussent écus au soleil.

— Voulez-vous une pièce de velours violet-
cramoisi, teinte en graine ; une pièce de satin
broché, ou bien cramoisi ? Voulez-vous
chaînes, dorures, bagues ? Il ne faut que dire
oui. Jusques à cinquante mille ducats, ce ne
m'est rien cela.

Par la vertu desquelles paroles, il lui faisait venir l'eau à la bouche. Mais elle lui
dit :

— Non, je vous remercie : je ne veux rien
de vous.

— Par Dieu, dit-il, je veux bien moi de
vous ; mais c'est chose qui ne vous coûtera
rien, et n'en aurez rien moins. Tenez (montrant sa longue braguette), voici maître Jean
Chouart qui demande logis.

Et après la voulait accoler. Mais elle commença à s'écrier, toutefois non trop haut.
A donc Panurge retourna son faux visage, et
lui dit :

— Vous ne voulez donc autrement me
laisser un peu faire ? Bien pour vous ! Il ne
vous appartient tant de bien ni d'honneur ;

mais, par Dieu, je vous ferai chevaucher aux chiens.

Et, cela dit, s'enfuit le grand pas, de peur des coups, lesquels il craignait naturellement.

* *

Or notez que le lendemain était la grande fête du Corps-Dieu, à laquelle toutes les femmes se mettent en leur triomphe d'habillements ; et, pour ce jour, ladite dame s'était vêtue d'une très belle robe de satin cramoisi et d'une cotte de velours blanc bien précieux. Le jour de la vigile, Panurge chercha tant, d'un côté et d'autre, qu'il trouva une chienne en chaleur, laquelle il lia avec sa ceinture, et la mena en sa chambre, et la nourrit très bien ce dit jour et toute la nuit. Au matin, la tua, et en prit ce que savent les géomantiens grecs, et le mit en pièces le plus menu qu'il put, et les emporta bien cachées, et alla à l'église où la dame devait aller pour suivre la procession, comme est de coutume à ladite

fête. Et, alors qu’elle entra, Panurge lui
donna de l’eau bénite, bien courtoisement la
saluant ; et, quelque peu de temps après
qu’elle eut dit ses menus suffrages, il se va
joindre à elle en son banc, et lui bailla un
rondeau par écrit.

Et, à mesure qu’elle ouvrit le papier pour
voir ce que c’était, Panurge promptement
sema la drogue qu’il avait sur elle en divers
lieux, et mêmement aux replis de ses manches
et de sa robe : puis lui dit :

— Madame, les pauvres amants ne sont
toujours à leur aise. Quant est de moi, j’espère
que les males nuits, les travaux et ennuis,
auxquels me tient l’amour de vous, me seront
en déduction d’autant des peines du purgatoire. A tout le moins, priez Dieu qu’il me
donne en mon mal patience.

Panurge n’eut achevé ce mot que tous les
chiens qui étaient en l’église accoururent à
cette dame, pour l’odeur des drogues qu’il
avait épandues sur elles ; petits et grands,
gros et menus, tous y venaient tirant le

membre, et la sentant, et pissant partout sur elle : c'était la plus grande vilenie du monde.

Panurge les chassa quelque peu, puis d'elle prit congé, et se retira en quelque chapelle pour voir le déduit : car ces vilains chiens compissaient tous ses habillements, tant qu'un grand lévrier lui pissa sur la tête, les autres aux manches, les autres à la croupe ; les petits pissaient sur ses patins. En sorte que toutes les femmes d'alentour avaient beaucoup affaire à la sauver. Et Panurge de rire, et dit à quelqu'un des seigneurs de la ville :

— Je crois que cette dame-là est en chaleur, ou bien que quelque lévrier l'a couverte fraîchement.

Et quand il vit que tous les chiens grondaient bien à l'entour d'elle, comme ils font autour d'une chienne chaude, partit de là, et alla quérir Pantagruel, son maître. Par toutes les rues où il trouvait des chiens, il leur baillait un coup de pied, disant :

— N'irez-vous pas avec vos compagnons

aux noces? Devant, **devant**, de par le diable, devant !

Et, arrivé au logis, dit à Pantagruel :

— Maitre, je vous prie, venez voir tous les chiens du pays qui sont assemblés à l'entour d'une dame la plus belle de cette ville, et la veulent joqueter.

A quoi volontiers consentit Pantagruel, et vit le mystère, qu'il trouva fort beau et nouveau.

Mais le bon fut à la procession, en laquelle furent vus plus de six cent mille et quatorze chiens à l'entour d'elle, lesquels lui faisaient mille misères : et partout où elle passait, les chiens frais venus la suivaient à la trace, pissant par le chemin où ses robes avaient touché. Tout le monde s'arrêtait à ce spectacle, considérant les contenances de ces chiens, qui lui montaient jusques au col et lui gâtèrent tous ses beaux accoutrements, à quoi ne sut trouver aucun remède sinon soi retirer en son hôtel. Et chiens d'aller après, et elle de se cacher, et chambrières de rire. Quand

elle fut entrée en sa maison, et fermé la porte
après elle, tous les chiens y accouraient de
demi-lieue, et compissèrent si bien la porte de
sa maison qu'ils firent un ruisseau de leurs
urines, où les canes eussent bien nagé. Et
c'est ce ruisseau, qui à présent passe à Saint-
Victor, auquel Gobelin teint l'écarlate, pour
la vertu spécifique de ces pisse-chiens.

RABELAIS.

VI

PAUTROT ET LA DAME DE NUAILLÉ

A coutume de Poitou est que les meilleures maisons du pays retiennent des chambres à Niort et Fontenay pour se trouver aux foires qui sont en ces deux lieux. Une dame de Nuaillé retenait à chaque foire de Niort, chez Barberie, la petite chambre qui est au haut de l'escalier. N'étant pas arrivée le premier jour, le sieur de Pautrot, de la maison de Saint-Gelais, s'y logea.

Le lendemain, à deux heures après-midi, arriva la dame, et cependant qu'elle disait des honnêtetés à son hôte, Ysabeau, fille de chambre, d'une gentille humeur, — car il faut que je vous dise en passant qu'un charpentier, nommé Bézaut, lui ayant donné des lettres pour sa maîtresse, jamais elle ne voulut nommer le porteur par son nom ; étant pressée elle tendait la gorge et demandait un couteau plutôt que de prononcer un si vilain mot : enfin la maîtresse, qui avait besoin de savoir le nom, n'ayant rien gagné ni par promesses ni par menaces, lui commanda de lui faire connaître par entreseings. « Hé bien cela, dit Ysabeau ; il s'appelle comme cela de quoi on vous le fait... » Elle prononça un terme de bourdeau. — Elle-même donc étant montée en la chambre trouva sur la table une malle rouge, qu'aussitôt elle empoigne par les cordons et la fait sauter par la fenêtre. La malle tomba sur une épaule de Martin, valet de Pautrot. Comme Martin regardait qui était blessé de la malle ou de l'épaule, arrive son maître qui la fait apporter après lui et trouve la dame au haut. Les voilà aux paroles, froides pour le commencement, mais il y fallut faire, et venir aux résolutions, comme vous savez qui ne sont pas toutes sur le duel. Les voilà sur :

— Je n'endurerai pas cet affront.

L'autre : — Ni moi que ma malle soit précipitée.

Elle : — J'ai cinquante gentilshommes en cette foire, mes serviteurs et parents, pour prendre ma querelle. J'y ai aussi deux gendres que vous connaissez bien.

Cela échauffa Pautrot à dire :

— Madame, si vos gendres reçoivent le présent de la querelle aussi libéralement que vous me le donnez, ils me trouveront plus roide en leur endroit que je ne saurais être au vôtre, vu votre âge et ce qui en dépend.

Cette dépendance piqua fort la dame pour ce qu'on disait qu'il lui pendait quelque chose, joint qu'elle ne se sentait pas encore en l'âge de mépris. Elle donc, troublée de colère, revint au dialogue.

— Voilà mon lit, dit-elle, où j'ai accoutumé

de coucher et j'y coucherai cette nuit.

Pautrot répliqua :

— Voilà le lit où j'ai couché la nuit passée et j'y coucherai encore celle-ci.

— Je dis que j'y coucherai, reprit la dame.

PAUTROT. — Et moi aussi.

LA DAME. — Je ne dis pas que vous n'y couchiez, mais si sais-je bien que j'y coucherai aussi.

Et pour vous faire paraître mon courage, j'y coucherai dès à présent.

Pautrot dit qu'il allait faire comme la dame qui appelle Ysabeau pour la devêtir ; Pautrot, Martin pour le déchausser. Ce fut à qui ferait paraître la résolution par diligence ; la dame eut l'avantage pour être la première prête, et Pautrot eut la ruelle. Ysabeau regarde Martin et lui levant le nez dit :

— Eh bien ! maître sot, savais-je pas bien que nous y coucherions !

— Et nous ? dit Martin...

Sans vous amuser plus longtemps, voilà les deux qui prennent le chemin de leur maître et maîtresse, premièrement en paroles, mais plus raccourcies, puis au lit ; mais pour ce que Martin ferma la porte et qu'il disputait sur ce point d'honneur, il eut pour partage la place du devant. Pensez charitablement qu'ils ne firent rien que bien à propos.

Cette dame a dit depuis à quelques-uns qui lui ont voulu gausser qu'elle n'avait rien fait par amour, mais pour montrer qu'il ne lui pendait rien, et faire mentir les médisants.

AGRIPPA D'AUBIGNÉ.

VII

LA NONNE SAVANTE

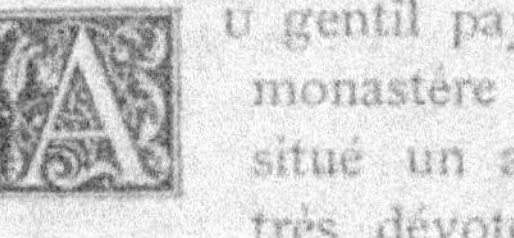u gentil pays de Barbant, près un monastère de blancs moines, est situé un autre de nonnains, qui très dévotes et charitables sont, dont l'histoire tait le nom et la marche particulière. Ces deux maisons voisines étaient comme l'on dit de coutume, la grange et le batteurs : car, Dieu merci, la charité de la maison des nonnains était si très grande que peu de gens étaient éconduits de l'amoureuse distribution, voire si dignes étaient d'icelle recevoir.

Pour venir au fait de cette histoire, au cloître des blancs moines avait un jeune et bel religieux qui devint amoureux si fort que c'était rage d'une nonnain, sa voisine, et, de fait, eut bien le courage après les prémisses dont ces amoureux savent les femmes abuser, lui demander à faire pour l'amour de Dieu. Et la nonnain, qui bien par renommée connaissait ses outils, bien qu'elle fût bien courtoise, lui bailla très dure et âpre réponse. Il ne fut pas pourtant enchassé, mais tant continua sa très humble requête que force fut à la belle nonnain ou de perdre le bruit de sa très large courtoisie, ou d'accorder au moine ce que à plusieurs sans prier avait accordé. Si lui va dire : « En vérité, vous poursuivez et faites grande diligence d'obtenir ce que à droit ne sauriez fournir ; et pensez-vous que je ne sache bien par ouï dire quels outils vous portez? Croyez que si fait ; il n'en y a pas pour dire grands mercis. — Je ne sais, moi, qu'on vous a dit, répond le moine ; mais je ne doute pas que vous ne soyez bien con-

tente de moi, et que je ne vous montre que je
suis homme comme un autre. — Homme,
dit-elle, cela crois-je assez bien; mais votre
chose est tant petit, comme l'on dit, que, si
vous l'apportez en quelque lieu, à peu on se
perçoit qu'il y est. — Il va bien autrement, dit
le moine; et, si j'étais en place, je ferais, par
votre jugement, menteurs tous ceux ou celles
qui bruit me donnent. »

Au fort, après ce gracieux débat, la courtoise nonne, afin d'être quitte de l'ennuyante
poursuite que le moine faisait, aussi qu'elle
sache qu'il vaut et qu'il sait faire, et aussi
qu'elle n'oublie le métier qui tant lui plaît,
elle lui donne rendez-vous à douze heures de
nuit, devers venir elle et heurter à sa treille; dont
merciée elle fut hautement. « Toutefois, dit-
elle, vous n'y entrerez pas que je ne sache à
la vérité quels outils vous portez et si je m'en
saurai aider ou non. — Comme il vous plaît, »
répond le moine.

A tant s'en va et laisse sa maîtresse et vint
tout droit devers frère Conrard, l'un de ses

compagnons, qui était outillé Dieu sait comment! et à cette cause avait un grand gouvernement au cloître des nonnains. Il lui conta son cas tout du long, comme il a prié une telle, la réponse et le refus qu'elle fit, d'autant qu'il ne soit pas bien soulier à son pié, et en la parfin comment elle est contente qu'il entre vers elle, mais qu'elle sente et sache premier de quelles lances il voudra jouter encontre son écu. « Or est-il ainsi, dit-il, que je suis mal fourni de grosse lance telle que j'espère et vois bien qu'elle désire d'être rencontrée. Si vous prie tant que je puis que cette nuit vous venez avec moi à l'heure que me dois vers elle rendre, et vous me ferez le plus grand plaisir que jamais homme fit à un autre. Je sais qu'elle voudra, moi là venu, sentir et tâter la lance dont je entends à fournir mes armes ; et, l'orsqu'il me faudra ce faire, vous serez derrière moi sans dire mot, et vous mettrez en ma place, et votre gros bourdon au poing lui mettrez. Elle ouvrira l'huys cela fait, je n'en doute point, et vous en irez, et

dedans j'entrerai ; et du surplus laissez-moi
faire. »

Frère Conrard, désirant à complaire à son
compagnon, accorde ce marché, et, à l'heure
assignée, se met avec lui par devers la nonnain ; et quand ils sont à l'endroit de la fenêtre, maître moine, plus échauffé qu'un éta-
lon, de son bâton un coup heurta ; et la
nonnain n'attendit pas l'autre heurt, mais
ouvrit sa fenêtre et dit en basse voix : « Qui
est là ? — C'est moi, dit-il ; ouvrez tôt la
porte qu'on ne nous voie. — Ma foi, dit-elle,
vous ne serez pas en mon livre enregistré,
ni écrit, que premier ne serez pas à montre,
et que je ne sache quel harnais vous portez.
Approchez près et me montrez ce que c'est.
— Très volontiers, » dit-il. Adonc tire frère
Conrard qui s'avançait pour faire son per-
sonnage, qui en la main de madame la nonnain mit son bel et très puissant bourdon qui
gros et long était. Et tantôt comme elle le
sentit, comme si nature lui en baillât la con-
naissance, elle dit : « Nenny, dit-elle, je con-

nais bien celui-ci ; c'est le bourdon de frère
Conrard. Il n'y a nonnain céans qui bien ne
le connaisse ; vous n'avez garde que j'en sois
déçue : je le connais trop. Allez quérir ail-
leur votre adventure. » Et à tant sa fenêtre
referma bien courroucée et mal contente, non
pas sur frère Conrard, mais sur l'autre moine,
lesquels, après cette aventure, s'en retournè-
rent vers leur hôtel, tout devisant de cette
advenue.

MONSEIGNEUR DE LA ROCHE.

(Cent Nouvelles Nouvelles.)

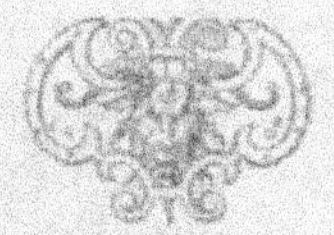

VIII

PLAISANTES ANECDOTES

ET

MENUS PROPOS

LE MARI MASQUÉ.

N homme marié, donnant le bal chez lui un dimanche gras, il se trouve grande compagnie tant d'hommes que de femmes en sa maison.

Étant avec tant d'autres jeunes gens, il se résolut de se déguiser avec eux, pour voir s'il serait reconnu par la compagnie. Ils entrent masqués, et ne peuvent être reconnus de personne. Il jette les yeux sur sa femme, qui lu paraissait plus belle qu'il n'avait fait. Voyant qu'elle était ajustée à l'avantage, la prend par la main, la tire en une autre chambre, et lui fait plus de caresses qu'il n'en avait fait y avait longtemps. Après avoir pris son passe-temps avec elle, il se démasque, et sa femme le reconnaissant lui dit : « Comment donc ! c'est vous ? »

Que vous en semble ? pour moi, je crois que si les cornes avaient fait autant de mal à venir que les dents, ce pauvre mari devait avoir de grandes douleurs de tête.

Le Métel d'Ouville.

*
* *

MADAME LA FOURRIÈRE.

Il n'y a pas longtemps qu'il y avait une dame de bonne volonté qu'on appelait La Four-rière, laquelle fuyait quelquefois la cour : qui était quand le mari était au quartier. Mais le

plus du temps, elle était à Paris ; car elle s'y
trouvait bien, d'autant que c'est le paradis des
femmes, l'enfer des mules et le purgatoire des
solliciteurs.

Un jour, elle étant au dit lieu, à la porte du
logis où elle se retirait, va passer un gentilhomme par là devant, accompagné d'un sien
ami, auquel il dit tout haut, en passant auprès de la dite dame, afin qu'elle l'entendît :

— Par Dieu, dit-il, si j'avais une telle monture pour cette nuit, je ferais un grand pays
d'ici à demain matin.

La dame Fourrière ayant entendu cette
parole du gentilhomme, qu'elle trouvait à son
gré, car il était dispos, dit à un petit poisson
d'avril (1) qu'elle avait auprès de soi :

— Va-t'en suivre ce gentilhomme que tu
vois ainsi habillé, et ne le perds point que tu
ne saches où il entrera ; et fais tant que tu
parles à lui, et dis-lui que la dame qu'il a

(1) On sait que le maquereau se pêche surtout en
avril.

tantôt vue à la porte d'un tel logis se recommande à sa bonne grâce, et que, s'il la veut venir voir ce soir, elle lui donnera la collation entre huit et neuf heures.

Le gentilhomme accepta le message ; et, renvoyant ses recommandations, manda à la dame qu'il s'y trouverait à l'heure. Et faut entendre que les deux logis n'étaient pas loin l'un de l'autre. Le gentilhomme ne faillit pas à l'assignation, et trouva madame La Fourrière qui l'attendait. Elle le reçut gracieusement et le festoya de confitures. Ils devisent ensemble un temps : il se fait tard, et cependant la chambrière apprêtait le lit proprement comme elle savait faire. Là, le gentilhomme s'alla coucher, selon l'accord fait entre les parties, et madame La Fourrière auprès de lui. Le gentilhomme monta à cheval et commença à piquer, puis à repiquer. Mais il ne sut onques, en tout, faire que trois courses, depuis le soir jusques au matin, qu'il se leva d'assez bonne heure pour s'en aller ; et laissa sa monture en l'étable. Le lendemain, ou quelque peu de jours après, La Fourrière, qui avait toujours quelque commission par la ville, vint à rencontrer le gentilhomme et le salua en lui disant :

— Bonjour, monsieur de Deux et As.

Le gentilhomme s'arrêta en la regardant, et lui va dire :

— Par le corps-bleu ! Madame, si le tablier avait été bon, j'eusse bien fait ternes.

Et ayant su le nom d'elle, le jour de devant (car elle était femme bien connue), lui dit :

— Madame La Fourrière, vous me logeâtes l'autre nuit bien au large ?

— Il est vrai, dit-elle, Monsieur, mais je ne pensais pas que vous eussiez si petit train.

Bien assailli, bien défendu.

BONAVENTURE DESPÉRIERS.

*
* *

LES BRAIES DE SAINT-BERNARDIN.

La jeune femme d'un vieux médecin ayant

découvert en la confession à un frère mineur
une partie de ce qu'elle avait sur le cœur, et
principalement le dégoûtement qu'elle avait
de son mari, et ayant assez donné à entendre
(au moins à un si bon entendeur) qu'elle cher-
chait volontiers appétit ailleurs, la conclusion
fut prise (avant que lui bailler l'absolution)
que le lendemain, sitôt que son mari serait
parti pour aller à sa pratique, elle feindrait
être malade d'une suffocation de la matrice
(comme de vrai elle y était un peu sujette) et
lors elle invoquerait l'aide de monsieur Saint-
Bernardin. Ce qui fut fait, de sorte qu'on alla
prier ce gentil frère mineur qu'il lui plût d'apporter à cette jeune patiente les miraculeuses
reliques de Saint-Bernardin. Lui, joyeux de ce
que sa trame était en si bon terme, ne fut
paresseux. Mais, arrivant au lit de la malade,
et y trouvant plus de témoins qu'il n'était besoin, dit qu'il fallait commencer par la sainte
confession; lequel mot fut suffisant pour les
faire retirer tous, de sorte qu'avec lui ne demeura que son compagnon et la chambrière

de ladite patiente. Et alors fut question tant à
maîtresse qu'à chambrière d'employer le
temps à autre chose qu'à confession. Or ainsi
qu'ils étaient bien en train, arrive le pauvre
médecin (ne donnant loisir au porteur de
reliques de rechausser ses braies, mais seulement de sortir du lit), lequel trouvant ces
deux beaux pères si près de sa femme commença à se gratter la tête, n'osant pas dire
tout ce qu'il en pensait. Ce qui rengregea bien
son mal de tête fut qu'après leur départ, en
raccostant l'oreiller de sa femme, il trouva
derrière les braies d'un desdits pères. Mais
comme la moralité avait été bien jouée, encore
sut-on mieux jouer la farce. Car la femme incontinent vint à dire :

— Mon ami, voyant que la relique du glo-
rieux Saint-Bernardin m'avait guérie, je priai
le beau père qu'il me la laissât, craignant que
le mal me reprît.

Ce moine averti par la chambrière de cette
échappatoire qu'avait trouvée sa maîtresse,
rpou achever le jeu de même qu'il était com-

mencé, retourna quérir ses braies à grand
branle et carillon de cloches, avec la croix et
l'eau bénite, accompagné de tout le couvent
et mêmement du gardien, lequel ayant déve-
loppe de beau linge blanc où cette femme
les avait mises, les fit baiser à toute l'assis-
tance et au pauvre mari tout le premier, puis,
les ayant serrées en un certain tabernacle,
s'en retourna avec ce précieux et si miracli-
fique joyau.

HENRI ÉTIENNE.

TABLE

CORBEIL. — IMPRIMERIE É. RENAUDET.

LES
Joyeuses Histoires

DE NOS PÈRES

Jolis volumes in-18, illustrés par Kauffmann

*Il paraîtra un volume
chaque quinzaine environ*

6561. — Imprimerie A. Lahure, rue de Fleurus, 9, à Paris.